原振俠

系列
少年版

03

血咒

上

作者：倪匡　　　　文字整理：耿啟文　　　　繪畫：東東

# 序

　　回想《衛斯理系列少年版》推出之時，作者倪匡對此大感讚嘆，更樂為之序，後來與他談及改編另一個科幻小說系列《原振俠》，他也笑言喜見其少年版。遺憾倪匡已不能在地球上看見這部作品順利誕生，但願他在某個角落得知，活着的人依然秉承他的心願，繼續推廣其作品，讓更多少年人認識他的創作，好讓這些不朽經典流傳下去。

明報出版社編輯部

# 目錄

# 角色介紹

## 原振俠
溫文、帥氣、聰明的醫生,對神秘事件充滿好奇心。

伊里安・古托

盛遠天

蘇氏兄弟

# 第一章

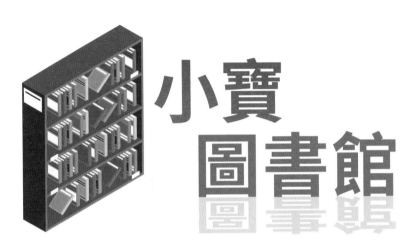

## 小寶圖書館

小寶圖書館是一個十分奇特的地方，有關玄學、神秘學等書籍應有盡有。醫學方面的庫藏也是數一數二，不但有現代醫學書籍，還有古代醫藥，甚至美洲印第安人、非洲黑暗大陸上的巫醫術等，都一應俱全。

這樣的圖書館，為什麼會有那樣 稚氣 的名字呢？

據說「小寶」是創辦人的女兒，五歲時就死了，而這個小女孩聰穎過人，喜愛 閱讀 📖 ，所以她死後，父親

就設立這座圖書館作**紀念**。

這個小女孩的父親叫盛遠天，已經逝世許多年，由於他一生充滿了神秘色彩，所以他的事蹟至今仍是人們**茶餘飯後**的話題。

他大約四十年前來到這個城市，至於從什麼地方來，沒有人知道。他好像沒有親人，和他一起來的，是一個樣子很怪，看起來十分瘦削的小姑娘。

小寶圖書館的大堂一共有十三幅**畫像**，懸掛在大門對着的那面牆上。在十三幅畫像之下，永遠放着各種各樣的**鮮花**，這是創辦人盛遠天親自設計和規定的。

所有畫像看來全部出自同一畫家之手，但沒有署名，所以究竟是哪一位畫家的作品，已經無法**查考**。

這十三幅畫像一共分為六組，懸掛在牆上，每組之間相隔大概一米。

第一組有兩幅：一幅是一個留着**小鬍子**的中年人，四十歲左右，身形瘦削，從他身邊的桌椅比例計算，他至少有一百九十厘米高，而他就是盛遠天。

從畫像上看來，盛遠天的樣子給人**威嚴**的感覺，然而眼神卻帶着極度的憂鬱，好像受到某種莫名的恐懼和痛苦**煎熬**。

另一幅畫像緊貼在盛遠天畫像旁邊，畫中人就是那個「樣子很怪」的小姑娘。她長得十分美麗，有着尖削的下顎、大大的眼睛、高挺的鼻子，只是不知為何總給人一種**奇怪**的感覺。

這個小姑娘當年和盛遠天一起突然出現，沒有人知道她從哪裏來，叫什麼名字，只知道他們後來結了婚，誕下了小寶。

據說，從來沒有人聽到她開口**說話**，有人懷疑

她天生聾啞，不過是否屬實，無從得知。

在第二組兩幅畫像中，盛遠天似乎仍是老樣子，但穿起了 西裝。那小姑娘已經成了一位成熟美麗的少婦，穿着一身洋裝。

第三組畫像卻有三幅，除了盛遠天和他的妻子外，還有一幅可愛女嬰的畫像，女嬰和母親十分相似，她就是小寶。

第四組也是三幅：盛遠天和他的妻女，而小寶已經有三、四歲大，騎在一匹小馬上，看來依然可愛。

第五組畫像又變成了兩幅，可能是在小寶夭折後繪畫的，盛遠天看來蒼老了不少，眼神中那種憂鬱更甚，妻子的神情亦充滿了無可奈何的悲哀。

這十二幅畫像前後相隔了七、八年左右。到了第六組就有點奇怪，只有孤零零的一幅懸在牆上最右邊——

畫中是一個男嬰，似乎出生不久，還閉着眼睛，皮膚上有着初生嬰兒的那種皺紋，而胸口處有一個**圓形的黑色胎記**。

明明只是一個普通的嬰兒，但奇怪之處在於沒有人知道這個男嬰是誰，為什麼他的畫像會掛在這裏。

自然有人推測過，這個嬰孩可能是盛遠天的兒子。可是像盛遠天這樣的**大富豪**，如果有一個兒子，怎可能沒人知道？

事實是，盛遠天和妻子同年去世，沒有任何親人，負責處理身後事和龐大財產的，是一個名叫蘇安的人。這個蘇安倒是**街知巷聞**，被譽為世界上最忠誠可靠的人。

盛遠天是怎樣找到蘇安，沒有人知道，總之蘇安成為了盛遠天的總管。盛遠天的財產交給他**保管**，盛遠天的遺囑，同樣交給他執行。

盛遠天還指定盛氏機構的負責人必須是蘇家子弟，他相信誠實是**遺傳**的，靠得住的人，後代一定值得信賴。

事實上，蘇家三個兒子的確將盛氏機構打理得有聲有色，而且一直遵照盛遠天的遺囑，每年把盈利的一部分，用來擴充小寶圖書館的**藏書**，和改善圖書館的設備——這就是圖書館能營運得那樣完善的原因。

小寶圖書館有一條與別不同的禁例，就是館中絕大多數藏書都不能外借出去，只能在圖書館中閱讀。

此外，這個地方並非完全公開，申請閱讀證的人需要經過嚴格**審查**。據管理委員會説，這是盛遠天生前親自規定的，申請人必須有一定的學識，在學術上有一定的成就，例如科學家、文學家、藝術家等等。

全世界持有小寶圖書館**閱讀證**的人數極少，年輕有為的原振俠醫生有幸是其中之一。

一天傍晚,雨下得很大,原振俠為了尋找一份冷門的醫學文獻,冒着雨開車來到位於郊區  的小寶圖書館。

圖書館是二十四小時開放的，原振俠到達後，抹着臉上的**雨水**，匆匆進入接待廳，把閱讀證取了出來，職員連忙替他登記，並客氣地打招呼：「好大的雨。」

　　「是啊！」原振俠向**門口**指了指，「雨太大，我將車停了在門口，不要緊吧？」

　　職員微笑道：「不要緊，今晚應該不會有什麼人再來。你看，除了你之外只有一個人，比你早到十分鐘。」

　　原振俠登記過後，向大堂走去，看到一個穿着黑西裝的男人，正**一動不動**地站在最右那幅畫像前面。

　　原振俠心想：這個人難道是第一次來？為什麼那樣專注地看着畫像？

　　那人站得離畫像很近，原振俠只看到他又高又瘦的背影，左手拄着一根**枴杖**，左腳微微向上縮，看來他的左腿受過傷。

那個人身上的黑西裝濕了一大片，**紋風不動**地站着。原振俠在他身後經過時見到對方的側面，看上去大約三十歲，有着俊俏的臉型和略嫌高而鈎的鼻子，他依然盯着那幅男嬰畫像看得*出神*。

原振俠不發一言，逕自穿過走廊，推門進入圖書館的目錄室，那裏除了有舊式的索引櫃，當然也有電腦供客人搜尋書目。

在目錄室當值的是一個樣子很甜的女職員，她熱心地幫助原振俠搜尋書目，「先生，你要那本書的編號是四一四四九，在四樓，十四號**藏書室**。」

原振俠道謝，離開目錄室時，那個穿黑西裝的人剛好推門進來，和他打了一個照面。

原振俠禮貌地微笑了一下，可是那人**失魂落魄**似的，一點反應也沒有，就在原振俠身邊擦身而過。

女職員客氣地問那人：「先生，你需要找什麼書？」

本來原振俠毫不在意，正要走出去之際，卻聽到那名女職員突然發出**驚叫聲**來！

# 第二章

## 神秘藏書

那女職員的尖叫聲淒厲而突然，令原振俠整個人跳了起來。

她神情驚恐地指着剛進來的那個人，顫抖着聲音說：「先生，你的……腿……在流血！」

任何人聽到別人告知腿在流血，一定會趕緊檢查自己的腿怎麼了，可是那人只愣了一愣，如常拄杖站着，並沒有垂下頭，臉色卻顯然瞬間變得煞白。

反倒是原振俠，一聽到女職員那句話，立時望向那人的腿，看到左邊褲管上濕濕了一大片，**鮮紅**的血順着褲管大滴大滴落在潔白的地磚上。

　　原振俠身為醫生，當然保持鎮定，迅速上前幫忙，「先生，你受傷了！先站着別動，我是**醫生**。你的左腿原本受過傷？可能是傷口突然破裂，但毋須緊張。」

　　原振俠伸手想把他扶到沙發上，再察看他的傷勢，可是那人**推開**了原振俠，喘着氣道：「不必了！我不需要人照顧！」

　　原振俠吸了一口氣，「你還在不斷**流血**，一定需要醫生！」

　　「嘿！醫生？醫生！」他語帶譏諷地叫了幾句，然後拄着枴杖轉身就走，為白磚地上留下一道**血痕**。

　　原振俠不忘醫生的使命，連忙伸手抓住那人的手臂，

神秘藏書

堅決道：「到那邊坐下來，讓我看看你的傷勢！」

那人望向原振

俠，神情冷峻，說：

我說不必了！

可是他仍在流血，血不斷滴在地上，這時女職員**匆匆**向門口走去，看情形是想找人來幫忙。

那人一看到女職員要走出去，便忙道：「小姐，請等一等！請不要再**驚動**其他人，我無意驚嚇你們，只是⋯⋯沒想到時間會如此準確！」

原振俠不禁呆了一呆，完全聽不懂他的意思，「你說什麼？」

那人**掙脫**了原振俠的手，「沒有什麼，流點血也不算什麼，我實在不需要醫生！」

他說着突然解開了腰帶，扯下來，然後將手杖夾在腋下，俯身把**腰帶**緊緊綁在他左膝蓋上大約十厘米的地方。

接着他又站直身子，神情依然冷漠，望也不望原振俠，就推門離去。

原振俠**猶豫**了一下，還是不放心，決定追出去，可是當他走出圖書館大門時，看到那人已開着一輛性能超卓的跑車**絕塵而去**。原振俠清楚知道自己的小房車是無法追上的，只好苦笑了一下，返回大堂。

這時候，目錄室那位女職員已經走到大堂來，正在和大堂的男職員 **訴說** 剛才發生的事。

原振俠走過去，問那男職員：「剛才那位先生進來的時候也辦過登記手續，對不對？」

怎料職員搖頭說：「沒有！」

這個 **答案** 出乎原振俠意料之外，「我不知道小寶圖書館可以允許沒有閱讀證的人進來。」

「不，他有閱讀證。不過那張證是特別的，專門發給地位很高、身分特別的 **貴賓**。」

原振俠並不知道小寶圖書館有這樣的制度，便好奇地問：「例如什麼樣的人，才有資格成為特別貴賓？」

「我也不知道，或許是諾貝爾獎得主。坦白說，我也是第一次遇到持貴賓卡的人。」職員說。

原振俠 **無話可說**，可是剛才那人看來不過三十

歲左右，如果有這樣大的成就，**知名度**一定極高，原振俠不可能不認得。

「就算不用登記，他也一定要出示那張特別閱讀證吧。證件上的**名字**是什麼？你可記得？」

職員搖頭道：「特別閱讀證上沒有持證人的名字，只有編號。當那人向我出示證件時，我就覺得奇怪。」

他的證件有什麼奇怪的地方？

那是第一號！

原振俠聞言也感到奇怪了，「第一號？也就是說，他是第一個持有特別閱讀證的人？」

「是啊，但又好像不可能，原先生，你想想，小寶圖書館成立已近三十年，難道那人出生沒多久就獲得特別閱讀證？」

「剛才你沒有問他？」

男職員嘆了一口氣，打開接待處的一個抽屜，取出一本小冊子來，「你可以看看有關特別貴賓的那一章。」

原振俠接過小冊子，看見封面寫着「小寶圖書館規則」，依據目錄翻到了〈特別貴賓〉那一章，看到有以下的條款：

本圖書館有特別貴賓閱讀證，證件為銀色，質地特別，無法假冒。每張特別證件均經本館董事會鄭重討論之後發出。凡持有特別證件進入本館者，本館所有職員不得

提出任何疑問，必須給予特別貴賓絕對尊重。

「看到了沒有？我敢問嗎？」職員説：「只要對方能出示特別證件，就算明知他是偷來的，我們也不能問！」

原振俠有點**無可奈何**，看來要找到那個受傷的人，是十分困難的事了。這時他想起自己來圖書館的目的，隨便聊了幾句，就轉身走開。

當他前去找書之際，又聽到女職員説：「持有特別證件的人，還有權索閱編號**一到一百號**的書，其他人是不能看的。」

原振俠大感好奇，於是放慢腳步，繼續聽下去。男職員回應道：「是啊，那些是什麼書？」

「我也不知道，第一天上班時館長就吩咐我，如果有人來借這個編號內的書，要立刻**通知**他，由他親自來取。那一到一百號的書連書名也沒有，只有編號！噢！那

些血漬！」女職員這才記起要清理地上的血漬，便沒有再聊下去。

當晚，原振俠找到他要的資料，也做了詳盡的筆記。到他走出圖書館時，雨已經停了，地上到處是積水。

他打開車門，準備跨進車裏之際，突然有一輛車以極快的速度疾駛過來，車頭燈的 光芒 射得原振俠連眼睛都睜不開。

那輛疾駛而來的車發出

刺耳的**煞車聲**，在離原振俠的車不到一米的地方停下，差點撞上來！

一個人**急匆匆**從車上走下來，喘着氣對原振俠說：「對不起，我來遲了！」原振俠怔了一怔，他沒有約任何人在這裏見面，怕是認錯人了。

這個人大約三十歲，穿着禮服，看來是從一個**隆重**的場合趕過來。他來到原振俠面前，理應能看清楚原振俠的樣貌，知道自己認錯人，怎料他還是重複剛才的話：「對不起，我遲到了，唉，那些該死的應酬！」

原振俠**訝異**地指着自己——

> 你趕着來，是為了我？

那人用雪白的 手帕 抹着汗，抱歉地笑着問：「是的。先生，你怎麼稱呼？」

原振俠哭笑不得，「你不知道自己要來見什麼人？」

「當然知道，要見你！」

原振俠苦笑起來，心想這個人不是喝醉了酒，就是在惡作劇，於是敷衍道：「對不起，我們不認識。」

誰知那人認真地説：「是啊，我不認識你，不過我等你前來，已等了好久！」

原振俠大感愕然。

# 第三章

# 再度相遇

急煞車的巨響驚動了小寶圖書館裏那一對男女職員，他們緊張地走出來查看發生什麼事，一見到那車主，立即恭敬地鞠躬，「蘇館長。」

聽到他們這樣稱呼那人，原振俠心中更加愕然！

原振俠對盛遠天這個**神秘人物**也略知一二，知道盛遠天的總管姓蘇，目前掌管盛氏機構的，正是蘇總管的三個兒子。眼前這個人年紀不過三十左右，自然是蘇總管

其中一個兒子。

雖然弄清了眼前人的身分，可是蘇館長為何會趕來見自己，原振俠依然感到莫名其妙😐。

當原振俠還在驚愕之際，蘇館長已向兩名職員揮手道：「你們回去工作！」兩人隨即恭敬地答應一聲，返回工作崗位。

然後，他吁了一口氣，伸出手來和原振俠握手，「請到我的辦公室詳談。」

原振俠一臉迷茫，「閣下是小寶圖書館的館長？我不明白，你為什麼要和我詳談？」

蘇館長緊張地回答：「我們總要談一談，是不是？」

原振俠被弄得一頭霧水，只好苦笑着跟他進入圖書館，乘電梯直達頂樓的館長辦公室，看看對方到底想談什麼。

進了辦公室後，蘇館長馬上將門關上。

「我平時很少來這裏，太忙了，哦，我忘記介紹自己，我姓蘇——」

他説着遞上名片，原振俠接過來一看，名片上的頭銜包括：遠天機構執行董事、小寶圖書館館長，名字為蘇耀西。

「我姓原，原振俠。」他們坐下來，原振俠開門見山地問：「蘇先生，請問要談什麼？」

蘇耀西吸了一口氣，**戰戰兢兢**道：「原先生，你是不是現在就要看？」

「看什麼？」原振俠感到莫名其妙。

蘇耀西**疑惑**地皺了皺眉，「當然是編號一到一百號的藏書。」

這句話一出口，原振俠先是呆了一呆，但轉瞬間恍然

大悟，忍不住**哈哈**大**笑**起來！

　　蘇耀西極其錯愕地望着他，原振俠 *好不* **容易** 才

止住笑，說：「蘇先生，你認錯人了！」

　　「我⋯⋯認錯了人？」

　　「是啊，你要找的人持有特別貴賓證 第一號 ，是

不是？」

「不是你？」蘇耀西張大了口。

原振俠搖頭，「不是我，那人早就走了，大約三小時前走的！」

蘇耀西驚呆了一下，然後苦笑道：「對不起，是我太魯莽了。職員一見到持有特別貴賓證的人到來，已經立刻發來通知，可是今晚我恰好要參加一個十分隆重的宴會，等到宴會完了才收到消息趕過來，那位先生為什麼不等我就走了呢？」

「因為他左腿受傷流血，急着要離去。」原振俠說。

蘇耀西很訝異，「什麼？」

「詳細的情形，你可以去問目錄室那位女職員。對不起，我要走了，再見！」

原振俠離開圖書館，這時夜已經很深，公路上一輛車

也沒有。

原振俠將車開得十分快，但忽然之間，**依稀**看到前方有一輛車停在路邊。

原振俠擔心有人需要幫助，於是減慢車速，將車也停到那裏去，怎料發現一個人正靠着 大樹，狀甚痛苦的樣子。而原振俠馬上認出，這就是他剛才在小寶圖書館中遇見的人！

原振俠 **迅速** 開門下車，向他奔去，緊張地問：「你的傷怎麼了？」

那人突然發出一下如同狼嘷的慘叫聲，更跪了下來，緊緊抱住了原振俠的雙腿，以一種淒慘而絕望的聲音叫着：「救救我！世界上總有人可以救我的，救救我！」

原振俠 **慌忙** 抓住他的手臂，「起來再說，不論什麼困難，總有法子解決的。」

「我是醫生，一定會盡可能幫你。」原振俠關切地問：「你能不能自己**駕駛**？不能的話，我送你到我服務的醫院去。」

那人喃喃地道：「醫生？醫生！」

這已經是第二次，當原振俠提及自己是醫生時，那人表現**輕視**的態度。

都這個時候了，原振俠當然不去計較，連忙扶着對方走向自己的車子，上了車後，那人深深地吸一口氣，漸漸**鎮定**下來。

原振俠於是繼續駕車，在黑暗中，那人的臉色看來蒼白得可怕，雙目失神。原振俠又望了望他的左腿，看到他腿上的血好像已經沒有流了，只是**血漬**依舊清晰可見。

原振俠沉聲道：「血止了？」

那人應了一聲，忽然問：「你是哪裏**畢業**  的？」

原振俠呆了一呆，感覺對方在質疑自己的資歷，有點哭笑不得，但仍回答道：「日本輕見醫學院。」

這家 **醫學院** 不算很著名，普通人未必知道，可是那人居然「嗯」地一聲，說：「輕見博士是一個很好的醫生，我上過他的課，他還好麼？」

原振俠很驚訝，幾乎握不穩 **駕駛盤**。

「幹嗎那麼？世界上不止你一個人上過醫學院！」那人緩緩道：「輕見博士那年歐遊，曾經到我們學校講課。」

原振俠立時問：「你是哪一間──」

「柏林大學醫學院。」

原振俠不禁失笑，沒想過對方原來也是一名醫生，而且資歷比他好得多，更是英國愛丁堡醫學院的博士！

那人嘆了一聲，終於介紹自己：「我的名字是伊里安・古托。」

這大大出乎原振俠的想像，因為對方看起來分明是中國人，卻有一個西班牙式的名字。

「古托先生，你──」

「我是從巴拿馬來的。」

原振俠又瞄了他一眼，心想：既然古托是極具資歷的

醫生，那麼腿上的傷，他自己能處理；倒是 **情緒** 狀態方面，值得注意。

原振俠連忙慰解他：「人生不如意事十常八九，古托先生，看來你的精神十分 **頹喪**，要看開些才好！」

沒想到這句話竟然引起了古托的強烈反應，忽然咬牙切齒，惱恨地說：「頹喪？我豈止頹喪而已，我簡直恨不得立刻死去！但未明白這件事的 **真相** 之前，我死不瞑目，所以才苟延殘喘地活着！」

古托對生命表現出極度厭惡，使原振俠忍不住心頭亂跳。他伸手輕拍古托的肩膀，**小心翼翼** 地問：「你有什麼不明白的事？我叫原振俠，你可以把我當作朋友，跟我分享。」

古托激動起來，雙手掩住了臉，「本來我也有不少朋友，但是自從……發生了變化之後，我 **疏遠** 了他們。」

再度相遇

唉，你得準備聽一個很漫長的故事！

不要緊，在圖書館一見到你，我就覺得你不是普通人。

古托 苦澀 地笑起來，「是太不普通了！」

# 第四章

詭異腿傷

　　古托不願去醫院，不想讓其他人看到他的腿傷，原振俠無可奈何，只好帶他回家，家裏也有不少 **急救用品**，勉強能應付。

　　到了原振俠的家裏，古托看看四周，問：「你肯定不會有人來*打擾*？」

　　「肯定沒有，我一個人住。」

　　古托隨即吁了一口氣，「我自己也不知道，為什麼會

對你如此**信任**。從現在起，我保證你即將看到的情形，會完全超乎你的知識範疇！」

他一面說，一面解下紮在腿上的腰帶，雙手**發抖**地撩起左邊的褲腳來。

在左腿外側、膝蓋之上十厘米左右，有一個相當深的洞，但洞口並不大，直徑只有一厘米。**傷口**附近的皮肉向外翻，露出鮮紅色的肉，還有混和着濃稠的，仍未完全凝結的血。

在傷口上，本來有一塊**紗布**覆蓋着，古托在撩起褲腳的時候，把紗布取了下來。

原振俠只看了一眼，就以極肯定的語氣說：「你受了槍傷，子彈取出來了沒有？」

古托突然**冷笑**，「槍傷！對，從任何方面來看，這傷口都是子彈造成的。可是……我一輩子都沒中過槍！」

原振俠怔了一怔，不明白那是什麼意思——沒有中過槍，那麼他腿上的傷口是怎麼來的？

只見古托有點**淒慘**地笑了起來，「你不相信？那就請你看看，我是什麼時候受傷的？」

原振俠用一柄鉗子，鉗了一小團棉花，蘸了酒精，在傷口附近輕輕按了幾下，說：「大約在四到五個小時之前。」

古托乾澀地笑了一下，「就是你在圖書館看見我流血的時候？」

「差不多。」

古托長嘆了一聲，「如果我告訴你，這個傷口在我腿上已經超過**兩年**呢？」

原振俠立時搖頭，「人的肌肉組織有自然復元能力，就算不經過任何治療，兩年時間也早該**癒合**了，而且傷

口並無發炎潰爛的迹象，絕不可能拖上那麼久！」

　　古托將紗布覆回去，準備放下褲腳，「我早已說過，這腿傷絕對超乎你的知識範疇以外！」

　　原振俠着急道：

> 用一塊紗布蓋着，總不是辦法！你——

古托立即接上了口：「你以為我沒有**治療**過？它一出現，我就一直治療它，可是……」說到這裏，他的身體又劇烈地發起抖來。

「可是一直醫不好？」原振俠也感到駭然。

古托**無助**地點了一下頭，「你想聽聽我腿上的傷口是怎樣來的嗎？」

「請講。」原振俠**聚精會神**地聽着。

古托大力吸了一口氣，緩緩地說：「我腿上的傷口，是突然出現的！」

原振俠不明白「突然出現」是什麼意思，但他不急於追問，待古托把事情經過**娓娓道來**：「那一天晚上，我正在參加一個宴會，時間接近午夜時分。我在巴拿馬長大，身世十分怪異，這點我留到最後再詳細說。總之，那個宴會是為我而設的，**慶祝**我從英國和德國取得了醫

學博士的頭銜歸來，還即將要到意大利修讀神學，歡迎和歡送加在一起，出席宴會的人十分多——」

宴會的主持人是巴拿馬大學的校長，古托是這家大學最出色的**畢業生**之一，但大學校長擔任宴會主持的原因不止這一點，也是為了他的女兒芝蘭。

芝蘭比古托小一歲，身形豐滿修長，有着古銅色的皮膚，全身散發着**難以形容**的熱情和美麗，而且氣質高貴脫俗，深深吸引住整個中南美洲的名流公子，可是芝蘭只對古托感興趣。

當宴會進行到酒酣耳熱的階段，主持人請賓客**翩翩起舞**之際，古托和芝蘭隨着音樂的節奏旋轉，不知令多少人羨慕。芝蘭一連和古托跳了三段音樂，可是兩人都沒有停止的意思。

到他們終於感到有點累，便很有默契地**旋轉**着來

到大廳的一角，推開通向陽台的門，到陽台上呼吸新鮮的

空氣。

兩人倚着欄杆望向花園，氣氛本來是非常 **浪漫**
的，可是由於宴會有不少政要參加，保安措施相當嚴密，
還有兩名保安人員在陽台上站崗，令古托和芝蘭相當掃
興，所以他們只 **歇息** 了一會，又一起轉身回大廳去。

　　就在這時候，事情發生了！

兩名保安人員**大叫**，古托立時回頭，看到他們神情驚惶地指着自己的左腿。

古托連忙低頭望去，原來古托白色的長褲已經染紅了一大片，並且迅速擴大。任何人都能看出他受了傷，正在流血！不過古托一點也不覺得痛，只是感到一種異樣的**麻痺**。

那兩名保安人員毫不耽擱，馬上行動，一個跑過來扶住古托，另一個奔進大廳高聲示警：「有**狙擊手**開槍，快找隱蔽的地方躲起來！」

剎那間，大廳內尖叫聲四起，場面**亂作一團**。

古托被扶進書房，在場醫生甚多，紛紛為他急救。

古托的褲腳已被剪了開來，左腿上的傷口顯然是槍彈造成的，正**血如泉湧**。

古托很快被人抬上擔架，送上  救護車，芝蘭一直伴在身邊。

雖然已做了緊急的止血措施，但傷口依然血流如注，古托的臉色也因大量失血而變得蒼白，心中升起一股莫名的恐懼：為什麼一直流血不止？

芝蘭幫不上忙，只能默默祈禱。

到達醫院後，古托馬上被送去照X光，然後再送回急救室。就在X光室轉到急救室途中，古托感覺到血突然止住了。

「止血了！」古托一面叫，一面揭開了蓋在傷口上的紗布，果然沒再流血了。

就在這時，走廊上有一名看來是印第安土著的女工剛好經過古托身邊，她看到那個傷口，不禁驚叫起來！

所有人都被那驚天動地的尖叫聲大嚇一跳，紛

紛前來看個究竟。只見女工盯着古托腿上的傷口，神情驚駭莫名。一位醫生連忙問她：「維維，什麼事？」

那女工好像看到什麼**可怕**的事情一樣，說不出話，雙手掩着臉飛奔而去。

既然血已止住，總算是個好現象，大家都鬆一口氣。可是當醫生細看 X 光片的時候，整個人都呆住了，完全無法相信自己的**眼睛**。

因為 X 光片上所見，根本沒有子彈！

# 第五章

活的傷口

子彈如果還留在體內的話，就算深嵌入**骨骼**之中，通過Ｘ光片也可以清楚地看出來。可是，Ｘ光片上根本沒有子彈！

子彈到哪裏去了呢？它不會憑空*消失*，唯一的可能是射穿了身體，可是古托腿上只有一個傷口。

呆了將近兩分鐘，那位醫生才疑惑地說：「那不是槍傷？我們⋯⋯判斷**錯誤✗**了？」

古托不知道自己是怎樣**受傷**的，只覺得十分駭異，勉強説出一句話來：「既然沒有子彈……請把傷口縫起來吧！」

幾個醫生立即為他**縫合**傷口，縫好後，古托被人從手術室中推出來，看到芝蘭正在和一個身型十分健碩的男人講話。

芝蘭一見到古托，便急急跑過來，神情充滿着**關切**。古托握住她的手，「沒什麼事，下星期我們一定可以去打馬球！」

芝蘭鬆了一口氣，指着那個男人説：「這位是保安部門的高諾上尉，他説你不是受了槍傷，真是荒謬。他們找不到槍手，就**胡言亂語**！」

古托怔了一怔，高諾上尉已走了過來，嚴肅地説：「兩位，雖然我們找不到槍手，但檢查了古托先生換下來

活的傷口

的長褲，發現長褲上根本沒有子彈射穿的痕迹！」

古托心頭一震，那是**不可能**的事，子彈怎麼可能不先射穿褲子，就直接打中他的腿？就算不是子彈，而是其他武器，也不能違反這個物理定律啊！

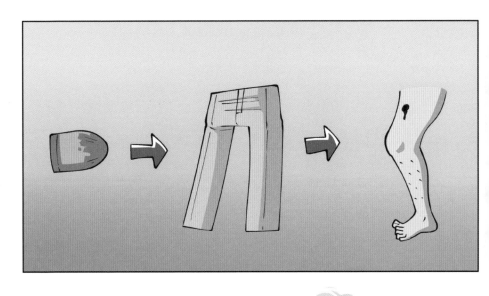

所有人都想不明白，陷入了一片**迷霧**之中。

原振俠聽了也不明白，一臉愕然。古托苦笑着問：「我的話把你帶進了**迷宮**，是不是？」

原振俠立即承認：「是的，而且是一個完全找不到出路的迷宮！」

古托苦澀地笑起來，「任何迷宮都一定有**出路**的，只不過我還未找到。」

原振俠不由自主地嚥了一口口水，「這傷口真的已超過兩年？」

「在**黑暗**的迷宮中摸索了兩年，連一絲**光明**都看不見。我已經完全絕望了，我……」古托説到這裏時，略轉過頭去，發出極度悲哀的聲音：「我不想再摸索下去，就讓我帶着這個謎死去好了！」

他的雙眼空洞而絕望，令原振俠想起小寶圖書館大堂那幾幅畫像，當中的盛遠天也有着同樣的**眼神**！

原振俠呆了片刻才問：「後來呢？當時傷口不是縫起來了麼？」

「後來……」古托苦笑一下，繼續叙述下去。

古托同樣是一名醫生，他知道人體不會**無緣無故**

出現一個這樣深的傷口。那麼，傷口是怎樣來的呢？

　　懷着這樣的謎團，古托當晚睡不着，一直到天色將明才矇矇矓矓有了一點睡意。但就在他快要睡着的時候，傷口上一陣輕微的聲響，把他驚醒過來。他霍地坐起來，不知道發生了什麼事，但的確有聲響自傷口傳出來！

　　古托迅速地將裹紮在腳上的紗布解開，眼前的情景使他驚呆住了！

　　他實在沒有法子相信自己的眼睛，因為他看到傷口附近的肌肉像是活的一樣，正在向外掙着，想掙脫縫合傷口的羊腸線。

人體的肌肉有隨意肌和不隨意肌之分，腿上的肌肉是隨意肌，他的神經系統理應可以**控制**。可是這時候，肌肉看來完全有自己的主張，不斷向外扯着、翻着、扭曲着，目的是要把縫合傷口的羊腸線掙斷！

直到肌肉成功把縫合傷口的羊腸線完全掙斷，那些肌肉才**靜止**下來。在他腿上，再次出現那個像是由槍彈形成的傷口。

古托突然哭了起來，實在不知道自己身上發生了什麼事，只盯着腿上的傷口發抖，陷入了極度**恐懼**之中，不由自主地流着汗，汗卻是冰冷的。

當天色大亮，他聽到病房外傳來 🦶**腳步聲**，古托才迅速包紮好傷口，同時把斷掉的羊腸線掃到地上。

接着，醫生和護士推門走進來，問：「感覺怎樣？」

古托極力保持 *鎮定*，回答道：「很好，我想立即辦理出院手續！」

醫生怔了一怔，「可是你的傷勢——」

古托不等醫生說完，立時伸了伸他受傷的腿，表示傷勢並無大礙。

事實上，那傷口確實沒有給古托帶來任何**痛楚**，他甚至能夠彎身下牀：「看，根本沒有事，幾天就會好。我懂得**照料**自己，不想在醫院躺着。」

古托堅持要離開，醫生覺得無可無不可，便批准他辦理出院手續。

十五分鐘後，古托已換好衣服。走出病房時，他看到

**活的傷口**

了那個印第安女工。

古托記得自己的傷口停止流血之際，這個叫維維的印第安婦人曾經發出一下可怕的**尖叫聲**。而這時，維維一見到古托，又流露出驚恐莫名的神色來，更不時瞄着古托的左腿。

古托心中大感**疑惑**，連忙問：「你知道些什麼，是不是？」

只見維維震動了一下，兩片厚唇不住**顫動**，「沒⋯⋯沒有⋯⋯」

「有一些極奇怪的事發生在我身上，如果你知道些什麼，只管説！」古托一面

說，一面取出一疊**鈔票**來，「這是我給你的報酬！」

維維的神情更驚恐了，雙手亂搖，頭也跟着搖，幾乎哭起來，「我不能收你的錢，不能幫助你，不然**噩運**會降臨在我身上！」

古托更感奇怪，「噩運？什麼噩運？」

維維用**同情**的眼光望着古托，苦笑道：「先生，噩運已經降臨在你身上了。咒語已經開始生效？」

古托怔住，「我不懂，請你解釋一下！」

「**咒語**，先生，你的仇人要使你遭受噩運，而這種

 活的傷口

咒語必須用自己的來施咒。先生,你曾使什麼人流過血?使什麼人恨你恨到這種程度?」

古托受過高等教育,壓根不相信世上有咒語這回事,他皺着眉,「我沒有仇人,也沒有使人流過血。」

「一定有的,要施下血的咒語,施咒人不但要流血,還要犧牲自己的生命!」

古托搖着頭,「我不會有這樣的仇人!」

維維還想説些什麼,但一個醫生剛好走過來,訓斥道:「你又在胡説八道什麼?」維維連忙轉身,急急走了開去。

古托疑惑地問那醫生:「這個女人──」

醫生笑道:「她是從海地來的,你知道海地那個地方盛行黑巫術,這個女人堅信黑巫術存在,你別聽她胡言亂語。」

古托點點頭，便離開了醫院。

由於提不起**勇氣**向芝蘭說出發生在自己身上的怪異事情，古托一出院就直接回家，那是位於巴拿馬市郊外一棟精緻的小洋房，他希望能夠自行把這件事**解決**！

# 第六章

巫術血咒

回到住所後，古托立即拿出他家中的外科手術工具來。他是醫學院的高材生，像縫合傷口這回事，在他來説**輕而易舉**。他先替自己注射麻醉針，然後動手把傷口縫起來，傷口附近的肌肉並沒有反抗。

古托縫上傷口後，敷了藥，再用紗布紮起來。

這時候，有人按**門鈴**，他的管家稟報説：「芝蘭小姐來了。」

古托深吸一口氣，迎了出去，在客廳中見到芝蘭。

「還未查到是什麼人害你？」芝蘭**緊張**地問。

「是啊，事情好像很複雜，幸好我傷得不太重。」才說到這裏，同樣的情形又發生了——傷口附近的肌肉開始**頑固**地掙扎，目的是要掙脫縫合傷口的羊腸線！

他立即伸手按住傷口，臉色大變，不過芝蘭還沒注意到，一面沉思，一面説道：「會不會是副總統的兒子在害你？他一直纏着我……」

說着她抬起頭來，才注意到古托的神情是那麼

**可怖**，臉色是那麼難看。

「你怎麼了？」芝蘭叫着走近古托。

但古托的情緒已經接近 **瘋狂** 的邊緣，竟然一手把

芝蘭推倒在地，大聲叫嚷：「走開，別理我！」

古托立即奔回房間，看到傷口

附近的肌肉，再一次把才縫上

去的羊腸線全部掙脫！

古托喘着氣、

淌着汗，剎那間只覺

**天旋地轉**，旋即

昏了過去。

當管家和僕人把他弄醒，已是他昏迷了將近一小時之後的事。芝蘭當然已經走了，她從小就未受過如此**粗暴**的對待。

在接下來幾天，古托固執地一次又一次縫合傷口，可是一次又一次被掙開，傷口依然是傷口。

半個月過去，他終於*放棄*了。當時間又溜去半個月，傷口附近

**巫術血咒**

本來幾乎撕成碎條的肌肉癒合了，但那個烏溜溜的洞還在。

古托在一個月後離開巴拿馬，開始他的**旅行**，到世界各地尋訪名醫，試盡了所有方法，從一個國家到另一個國家，依然沒有進展，每天都活在**噩夢**之中。

當他回到巴拿馬時，恰好是一年之後。他沒有通知任何人，管家一看到他，就詫異地問：「先生，你回來參加**婚禮**嗎？」

古托怔了一怔，婚禮？什麼婚禮？他很快就知道，原來是芝蘭和副總統兒子的婚禮，一家**電視台**還轉播着婚禮實況。

古托木然地看着披上婚紗的芝蘭在電視上出現，心中沒半點懷念，也沒半點哀傷。

這一年來，他簡直**麻木**了。

那天晚上，當他一個人 獨自 站在陽台上發呆之際，

傷口又開始流血。

巫術血咒

血沿着他的褲管向下流，流在**陽台**的地上，順着排水孔流走。

跟第一次流血的時間一樣，大約二十分鐘，血就自動止住了。古托感到**昏眩**，身子搖晃着來到牀邊，倒在牀上，望着天花板直到天亮。

第二天傍晚，他又悄然離開巴拿馬，繼續求醫的旅程。

又過了將近半年，古托已經完全絕望，卻忽然想起那個名叫維維的女工，曾說過他身上的怪事與黑巫術的**咒語**有關。古托於是回到巴拿馬，去那家醫院找維維。

他在兩年間過着極度恐懼、疑惑、悲憤的生活，這些折磨使古托的外型也改變了，變得瘦削、冷峻和陰森，像是剛從**地獄**中出來一樣。

原來維維已經離開醫院了，古托輾轉問了很多人，才

找到對方的**住址**。

那是一條陋巷，兩邊全是陳舊的建築物，而維維住的居所更是殘舊。

她應門看到古托時，神情活像**見鬼**一樣。古托苦笑着問：「你還記得我？」

維維雙手連搖，「我不能幫你什麼，真的不能幫你什麼！」

古托嘆了一聲，「我不是來求你**幫助**。只是兩年前你對我説過的那些話，我想問清楚。」

維維眼簾低垂，望向古托的左腿。古托緩緩道：「它還在，那個不知怎樣來的傷口一直在⋯⋯」

大概是古托那種絕望、哀痛的神情**感動**了維維，維維讓他進屋再説。

維維的房子裏並沒有地方可以坐，古托只好站着，立

即切入正題：「兩年前，你提及過咒語——」

維維憐憫地望着古托，「是，我第一眼看到你的傷口時，就知道那是血咒造成的。」

「為什麼呢？」古托問。

維維嚥了一下口水，說：「因為我見過，在我很小很

小的時候。」

　古托的神經驟然 **緊張** 起來，「和我一樣？腿上……出現了一個洞？」

　維維搖頭，「我叔叔是巫師，那個人來向我叔叔求救。他右肩看起來就像被砍了一刀，肉向兩邊翻開，紅紅

 巫術血咒

的，可是沒有血流出來，真**可怕**！」

「那有救嗎？」古托着急地問。

「當時叔叔説的話我記得很**清楚**——他一看到那人的傷口，整個臉色都變了，問：『多久了？』那人哭着回答：『一年多了，流過兩次血，求求你，我不能這樣活着，真是活不下去了！』」

古托面部抽搐，那正是他在心中叫了**千百遍**的話：再這樣下去，實在沒法子再活了！

維維繼續説：「我叔叔搖頭，嘆了一聲：『我沒有法子，你中了咒語，是血的咒語。你一定曾經令某個人恨你入骨，這個人不惜用自己的血和生命來施咒，要你餘生受盡**煎熬**。』」

説到這裏，維維向古托瞟了一眼。古托無辜地搖頭，「可是我一生之中，絕沒有令什麼人如此恨我……」

維維**不置可否**，續道：「我叔叔解釋：『血咒是巫術中最高深的法術，我連施咒都不會，更從未聽過有解咒方法！』那人聽了之後，本來就**蒼白**的臉變成了一片死灰……先生，你怎麼了？那個人的臉色就跟你現在的一樣！」

古托的身子**搖晃**，幾乎站不穩，但還是勉力地挺立着，説：「我沒有……那個人後來怎麼樣？」

維維吞了一口口水，「那個人在兩天之後……發了瘋，結束了自己的生命。」

古托吼叫一聲，就向外面直衝了出去，幾乎從**樓梯**上滾下來。只要他的意志力略為薄弱一點，他早已像那個人一樣了。

古托接着隱居了六個月，**蒐集**了很多有關巫術方面的資料，已經可以説是半個巫術專家了。不知不覺，更

迎來了他的三十歲生日——這個出生日期是孤兒院院長告訴他的。

原振俠聽到這裏，忍不住打斷道：「等一等，你是**孤兒**？怎麼一直聽來，你都像個富家子弟。」

古托這才記起，「對啊，我好像還未交代自己的**身世**。沒錯，我是一名孤兒，在孤兒院長大。」

# 第七章

　　古托開始說起他的身世來：「我完全不知道自己的父母是誰，可是我從小就受到極好的照顧，過着像

**王子**一樣的生活。」

　　原振俠很疑惑，「孤兒院照顧孤兒，會像照顧王子一樣？」

　　古托竟然點頭，「從我懂事起，就知道自己和其他孩

子不一樣，受到特別**照顧**。那孤兒院規模相當大，設備也極好，住着好幾百個孩子，全是和我同齡的。他們每八個人睡一個房間，而我卻有自己的獨立房間，還有專人看顧我。我的飲食、衣服全比別的孩子好，而且每當我和任何孩子發生**爭執**，所有人一定站在我這一邊。」

「聽起來，這孤兒院倒像是你父親開的。」

古托苦笑一下，「在我應該受教育的時候，我也沒有和其他孩子一起**上課**，而是每個科目都有一位私人教師。英文老師是特地從倫敦請來，法文老師則從巴黎請來。到中學時，我在當地一間貴族學校讀書。孤兒院院長給我的零用錢，比任何最慷慨的父親還要多，使我在中學時期就能夠駕**開篷跑車** ！」

原振俠忍不住問：「難道你沒有問過孤兒院院長？」

「當然有，可是不論我如何威逼利誘、軟硬兼施，他

始終守回*如瓶*。但我沒有就此放棄，反正我有巨額零用錢，所以我從美國請了幾個最出色的私家偵探來，調查我的身世。」

「結果怎麼樣？」原振俠急不**及待**問。

「他們真的很能幹，一個月就有了**結果**。

「首先，我是由院長親自抱進孤兒院的。調查報告還指出：自從一個名叫伊里安·古托的孩子進了孤兒院後，本來設備**簡陋**的孤兒院隨即大興土木，將附近的土地全買下來，進行擴建。

「據調查所得，孤兒院的資金全部來自瑞士一家**銀行**。私家偵探透過種種關係，也只能查到那個銀行戶口可以無限制地支持孤兒院經濟上的需要；只要負責人說出戶口密碼，便可以得到任何數目的**金錢**。至於戶口的主人是誰、為什麼要這樣做，就不得而知了。」

原振俠聽到這裏，不禁嘆了一口氣，「最重要的事情卻查不出來。」

古托又苦笑一下，「到我進入大學，院長就把那個瑞士銀行戶口的**密碼**告訴我，讓我可以直接向銀行要錢。

有一次，我想知道那個銀行戶口究竟可以**供應**多少錢，於是試着向銀行要了七億英鎊！」

原振俠大吃一驚，「你要那麼多錢幹什麼？」

古托神情有點苦澀，「我只想知道那個照顧我的人，財力到底有多雄厚，結果銀行一口答應下來。我得到那筆款項後馬上存了回去，從那時開始，我知道自己有永遠花不完的錢，可是我一絲**快樂**也沒有。」

原振俠嘆了一聲,「我明白你的感受。」

古托報以感謝的😊微笑,繼續敘述:「話說我三十歲生日那天,其實當時我幾乎過着與世隔絕的生活,獨自住在瑞士的一座別墅中,根本沒有和什麼人聯絡。可是一大清早,就有一個自稱姓烈的中年男人來找我,名片上印着『倫敦烈氏父子律師事務所』,一見面就對我說『生日快樂🎉』。」

古托連忙説:「烈先生,你不覺得你的造訪十分突兀麼?」

烈先生現出不好意思的神色來,「是的,但在職務上,我非來見你不可,而且一定要在今天——你三十歲生日這天來見你。」

古托立即想到,這個知道他生日的人,是否也會知道他的身世呢?於是深吸一口氣,靜待對方説下去。

「古托先生，多年前律師事務所曾受到一項 **委託**，要在你三十歲生日那天跟你見面。至於委託人是誰，當時我還小，是家父與對方會面的；在律師事務所的紀錄之中也 **無可稽考**，而家父亦逝世了。」

古托「嗯」了一聲，明白那是叫他不用追問委託人是誰。

烈先生把一個 **手提箱** 放到膝上，説：「委託人要我們做的事看來有點怪異，但我們還是要照做。」

古托瞪大眼睛，「要做什麼？」

烈先生清了一下喉嚨，説：「很簡單，只是問你一個問題，但請你照實 **回答**。」

古托有點不高興，但還是忍了下來，「那至少要看是什麼問題！」

「我也不知道是什麼問題，問題是 **密封** 着的，要在你面前打開。」他説着打開了手提箱，自一個大牛皮紙袋

不明身世

中取出一個**信封**  來，信封上有着五六個火漆封口。

烈先生給古托檢查了一下，就用開信刀弄開信封，抽出一

張卡紙，他看了之後，臉上神情怪異莫名。

古托吸了一口氣，等待他**發問**，烈先生便將問題認真地讀出來：「古托先生，你身上可曾發生過不可思議的怪事？」

一聽到這個問題，古托整個人都**震動**起來，連他所坐的椅子也發出聲響！

在他身上確實發生了**不可思議**的怪事，那還是兩年前才出現的事。可是為什麼在許多年前，就有人擬定了這樣的問題？而且等到今天才向自己發問？對方到底是誰？他知道些什麼？這些事情之間有着什麼關係？

他臉色灰白，**汗珠**不斷滲出。烈先生大吃一驚，「古托先生，你怎麼了？」

古托取出手帕，抹着臉上的汗，盡量使自己**鎮定**下來，說：「這真是一個怪異的問題。」

烈先生也感到無可奈何，「是的，很怪異。」

古托接着問：「我想知道，答案是有或無，會有什麼**影響**？」

烈先生考慮了一下，又翻閱一些文件，說：「合約上沒有禁止我回答這個問題。我可以告訴你，如果你的回答是否定的，我便會立即**告辭**，任務完成。」

不明身世

古托「哦」的一聲，烈先生繼續説：「但如果真有一些 **怪異** 的事發生在你身上，那麼我就有一樣東西要交給你。」

「是什麼東西？」古托心中的疑惑已經升到了頂點。

「對不起，我不知道，那是 **密封** 着的，沒有人知道是什麼。」

古托深深吸一口氣，説：「烈先生，請你把那東西給我，確實有一些怪異莫名的事發生在我的身上！」

烈先生 **凝視** 着古托好一會，才把一個小小的信封遞給古托。

叙述到這裏，古托望向原振俠，「你 **猜** 到他給我的東西是什麼嗎？」

原振俠聳聳肩，古托便揭曉：

「就是小寶圖書館的 **特別貴賓證** 第一號。」

　　原振俠愣了一愣，古托接着説：「而那個信封裏還有

一張字條，寫着：

到圖書館去一次，

孩子！

# 第八章

# 畫像之謎

「於是我就來了，還在圖書館遇上你。可是什麼都未做就被迫離去，因為腿上的傷口又開始淌血！我早知道每年到了這一天——傷口第一次莫名其妙地出現那天，左腿一定會冒血。可是我算起來，明明還有一天才到，誰知⋯⋯這傷口把時間算得那麼準，連美洲和亞洲的**時差**🕐都計算在內。」古托吁了一口氣，「這就是全

部經過了，信不信由你，我從來也沒有對任何人說過。」

「我相信，發生在你身上的怪事足以**證明**。」原振俠頓了一頓，再說：「古托先生，你離開後也發生了一些事情。」

古托神情**疑惑**，原振俠便將圖書館館長蘇耀西錯認他是貴賓卡持有人的經過，詳述了一遍。

古托問：「關於那個圖書館的創辦人，你知道多少？可不可以告訴我？」

「當然可以，創辦人叫盛遠天，是一個充滿**神秘**色彩的傳奇人物——」原振俠把自己所知的一一說出來。

古托聽完沉思一陣，緩緩地說：「我一進入圖書館，就看到大堂那十來幅畫。其中一幅女子**畫像**——就是盛遠天的妻子，我可以肯定她是中美洲的印第安人，甚至確定她來自海地中部山區的印第安部落。我在中美洲

長大，對那一帶的人相當熟悉，畫中人左足踝上的幾道**橫紋**，我知道那是一種印第安女子的標誌。」

原振俠未及反應，古托又說：「你說幾乎沒有人聽過那女子講話——如果她是一個**啞巴**，那就更可疑了！」

「為什麼？」原振俠問。

古托深深吸了一口氣，「據我所知，在海地中部山區的巫師如果有了女兒，自小就要把女兒毒啞，令她不能說話，防止她泄露巫師的**秘密**！」

「但不見得所有啞女都是巫師的女兒吧？」

古托苦澀地笑了，「當然不是，不過你有沒有留意到盛遠天有一件奇異的**飾物**？」

原振俠搖了搖頭。

「那件飾物雖然畫得十分精細，但一般人未必會留意到。我是因為在那裏長大，所以一看到那個銀製掛墜——

上面有半個太陽，太陽中又有着古怪神情的臉譜圖案，才能認出那是來自巴拿馬土著的製作。」

　　原振俠震驚道：「而你是在巴拿馬長大的……」他隱隱感覺到盛遠天與古托之間有着什麼關係。

　　古托忽然又問：「你知道哪一幅畫最吸引我嗎？」

原振俠**直視**古托，沒有說話，古托解答：「是那幅初生嬰兒的畫像。不知道你對那幅畫像還有沒有點印象，你看——」

他突然解開了上衣的  **扣子**，拉開襯衫，讓原振俠看他的胸膛。

原振俠整個人都呆住了！

在古托胸口上有着一個圓形的黑色胎記，而那幅畫像中的男嬰胸前，也明顯有一個相似的**胎記**！

原振俠不由自主地吞了一口口水，戰戰兢兢地説：「你⋯⋯你就是那個嬰兒，是盛遠天的兒子！」

不過，既然古托是盛遠天的兒子，他又怎麼會在孤兒院中長大？盛遠天為什麼要把自己**唯一**的兒子送到孤兒院去？

原振俠帶着的疑問，同樣也在古托心中，使兩人以怪異的神情對望着。過了好一會，原振俠想起來：「持有特別貴賓證的人，有權借閱編號一到一百號的藏書。而那些藏書必須由蘇館長親自取出來，我看⋯⋯**答案可能就在那些書之中！**」

原振俠本想告訴他，小寶圖書館是二十四小時開放的，但古托的神態極其疲累，已快一步開口説：

**畫像之謎**

「那明天去吧，我很累，可以在你這裏休息嗎？」

「當然可以，我去拿牀墊。」

「不用了，我躺在這裏就好。」古托躺在沙發上，一動也不動。

原振俠也不打擾他，自顧自去睡了。

第二天一早，當原振俠醒來走到客廳去，發現古托已經不在了，只見他留下了一張字條，寫着：

謝謝你肯聽一個荒誕的故事，我告辭了。

原振俠感到十分😠氣惱，居然完全沒有留下任何聯絡方法。

不過原振俠細心一想，古托可能希望獨自前去小寶圖書館，才一早*離開*。況且原振俠沒有貴賓卡，即使和他一起去，也不能看那些特別藏書。

原振俠只好如常到醫院上班，在中午休息時，他忍不

住打了一通**電話**到圖書館查問，得到的回答卻是：

「對不起，今天我們沒有接待過持有貴賓卡的人。」

原振俠呆了一呆，沒想到古托沒有到圖書館去——這實在出乎他的意料！

一連三天，古托**音訊全無**，原振俠決定直接到小寶圖書館看看，或許會有點收穫，至少可以再去觀察一下那些畫像。

**晚上**，他開車來到小寶圖書館，進入了大堂。

那些畫仍然掛在牆上，第一幅畫中的女子足踝部分果然有着三道橫紋。而古托提及的那個掛墜是在第三組畫像中，掛墜上的圖案畫得十分*精細*，但若不是對這種圖案有特別認識的人，是絕不會注意到的。

最後，原振俠凝視着那幅嬰兒畫像，男嬰胸前那圓形的胎記，與古托的看起來形狀不完全一樣，那可能是隨着人體成長而帶來的變化，但兩塊胎記的位置卻是相同的。

原振俠在大堂中停留了相當久，心中的**謎團**仍未能解開，當他想轉身離去時，有兩個人匆匆走進大堂來。

其中一個人是蘇耀西，另外一個樣貌和蘇耀西十分相

似，年紀比他大。他們一面走進來，一面在交談，蘇耀西說：「真怪，為什麼他只露一面，就不見蹤影了？」

另一個道：「是啊，這個人一定是一個極重要的人物，他有第一號貴賓證！」

蘇耀西的語氣十分懊喪，「大哥，我們甚至連他叫什麼名字都不知道，人海茫茫，上哪裏找他才好！」

聽到蘇耀西這樣說，原振俠迎了上去，冒昧地說：「對不起，我無意中聽到你們的話，那個人名叫伊里安．古托。」

看蘇耀西的神情，他顯然是**第一次**聽到這個名字，惘然地「哦」了一聲。而那個年紀較長的瞪了原振俠一眼，相當不客氣地問：「你怎麼知道？」

原振俠回答：「我和他曾作了幾小時的長談！」

蘇耀西忙問：「他現在在**哪裏**？」

「我不知道，我也在找他。」原振俠略頓了一頓，又說：「我找他比較困難，你們財雄勢大，有了他的名字，要找人自然比較容易；還有，他是用巴拿馬護照的。」

蘇耀西直到這時，才認出原振俠是那天晚上他**認錯**的人，「哦，原來是你……」

原振俠微笑回應，「是的，那天晚上我離開之後，在半路上遇見了他。」

那年長的有點**不耐煩**，向蘇耀西說：「老三，盛先生的遺囑只說如果持有第一號貴賓證的人來了，我們要

畫像之謎

105

盡一切能力去接待和協助，並沒有 **要求** 我們把他找出

來，我看還是等他自己來吧！」

# 第九章

# 蘇大總管

　　從稱呼中，原振俠知道那人是蘇耀西的大哥，遠天機構三位執行董事之一。他們全是盛家大總管蘇安的**兒子**，名字很好記：蘇耀東、蘇耀南、蘇耀西。

　　蘇耀西對蘇耀東説：「大哥，那個人既然有第一號貴賓證，那他⋯⋯可能和盛先生有關係！」

　　蘇耀東聽了之後，皺起眉，不出聲。

　　原振俠卻忍不住 插嘴 ：「豈止是關係，可能有極

深的淵源！」

　　蘇氏兄弟一聽到原振俠這樣説，都吃了一驚，「什麼

**淵源**？」

　　「你們真的未曾聽過伊里安・古托這個名字？」原振俠疑惑地問，兩人互望了一眼，一起搖頭。

　　原振俠又指着那幅嬰兒 畫像 問：

這個嬰兒是什麼人，你們也不知道？

蘇耀東首先搖頭道：「不知道，我們問過父親，他同樣不知道，還 告誡 我們盛先生沒有主動交代的事，我們千萬別亂問！」

蘇耀西接着說：「所以，我們一直不知道這個嬰兒是什麼人，你為什麼特別提起他？」

原振俠 直截了當 地問：「那嬰兒是不是盛遠天先生的兒子？」

蘇耀西立即否認：「那不過是好事之徒的傳言！」

原振俠深深吸了一口氣，決定說出來：「那位古托先生的經歷十分怪，他在巴拿馬一家孤兒院中長大，身世不明，卻有一個 幕後 的經濟支持者，從不露面。而這個隱身支持者財力異常雄厚，有一次古托要了七億英鎊，那家瑞士銀行連問都沒有問，就立即支付了。」

原振俠特意說出這件事，想看看他們兩人的 反應，

而他們的反應正好在原振俠的 **意料之中**。

蘇氏兄弟兩人一聽到七億英鎊事件，一起露出訝異的神情，然後兩兄弟又互望了一眼，蘇耀西連忙說：「原先生，請你到我的 **辦公室** ██ 去詳談，好嗎？」

蘇耀東直到這時才介紹自己，向原振俠伸出手來。原振俠和他握手，三個人一起到了辦公室去。原振俠把古托

獲得神秘經濟支持的事説了一遍，蘇氏兄弟用心地聆聽，等原振俠説完，他們**不約而同**地長長吁了一口氣。

蘇耀東説：「原先生，對古托作無限經濟支持的，是遠天機構！」

這本來就在原振俠的推測之中，但他還是充滿疑問：「可是，你們怎會連古托先生的名字也沒聽説過呢？」

蘇氏兄弟對這個問題好像有點為難，**欲言又止**。兩兄弟略想了一想，才説：「事情和盛先生的遺囑有關，本來是不應該向別人透露的，但既然已經知道遺囑涉及的人是那位古托先生，而他又把自己的事情告訴你，那麼我們**但説無妨**。」

蘇耀西講解道：「盛先生的遺囑內容十分複雜，其中一項是要求我們讓瑞士某家銀行的密碼戶口中保持一定數量的存款，這個『數量』的標準是維持一個人最**奢侈**

的揮霍所需。至於使用 存款的是什麼人，我們直至剛才還不知道。」

蘇耀東插話：「事情還是要從頭說起，遺囑中特別註明，如果戶口的存款不夠**支付**，銀行會作無限量透支，但我們必須在十天之內，把透支的數額填補上去，不論這數字多大！」

蘇耀西接着道：「幾年前，我們忽然接到銀行的透支**通知** ✉，表示這個戶口一下子被人提了七億英鎊！」

蘇耀東說：「遠天機構雖然財力雄厚，可是要在十天之內籌集七億英鎊，也是相當**困難**的事。我們三兄弟足足一星期沒睡覺，運用各方的關係調配資金，又拋售股票。要不是忽然收到銀行通知，提出去的七億英鎊已**原封不動**存了回來的話，恐怕已觸發股災了。」

蘇耀西嘆了一口氣，「所以你剛才一提起七億英鎊這

個數字，我們就**確定**那個戶口的使用人是古托先生。」

原振俠點了點頭。

蘇耀西又說：「而盛先生的遺囑還**指明**：『不論什麼時候，若持第一號貴賓證的人出現，就要給他無限支持！』」

蘇耀東神色**凝重**，「這位古托先生和盛先生一定關係極深！」

原振俠卻直言：「我認為他就是大堂那幅畫像中的嬰兒，因為他胸口上也有一個胎記，位置和畫像中的嬰兒一模一樣！」

蘇氏兄弟登時**訝異**莫名，神色更凝重了。

「現在的問題是，那個嬰兒是盛先生的什麼人？」原振俠提出疑問。

兩人「嗯」地一聲，「這只好問我們的**父親**了。」

蘇大總管

他們的父親自然就是蘇安，盛遠天的大總管。

原振俠説：「不過當前的要務，是先把古托找出來。他在我的住所**不告而別**後，一直沒有和我聯繫，在他身上還有一些怪異的事發生着，我怕他會有意外。」

蘇氏兄弟吃了一驚，蘇耀西立即拿起電話，**吩咐**下屬：「用

最短的時間聯絡全市所有私家偵探，盡所有力量 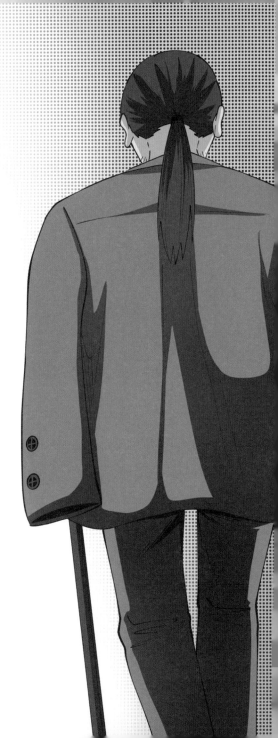尋找 一個人。這個人的名字是伊里安·古托，走起路來有點微跛，持巴拿馬護照……」

蘇耀西吩咐妥當後放下 電話 ，望向原振俠，「原先生，你要和我們一起去見家父嗎？」

原振俠點了點頭。

蘇安住的地方就是盛遠天當年住的大宅，離小寶圖書館並不遠。

原振俠跟蘇氏兄弟來到大宅，經過一個大得異常的客廳，當他們走進長長的走廊時，蘇氏兄弟已經大叫起來：「阿爸，我們帶了一個客人來！」

蘇氏兄弟一叫，走廊盡頭處的一
扇門旋即打開，一個人走了出來。

原振俠本來以為走出來的會是一個老態龍鍾的老者，但那人的腰肢挺立，身材也很高大，**聲若洪鐘**説：「客廳的燈關了沒有？」

原振俠一聽，就知道他們生活非常儉樸。

「關了！」兩兄弟連聲道。

接着，蘇耀西用他們**家鄉**的方言，向父親介紹原振俠，叙述關於古托的事。

蘇安現出訝異的神情來，不住望向原振俠。等到蘇耀西講完，原振俠才走上前打招呼：「蘇老先生，你好！」

蘇安忙道：「請進來慢慢説！」

一進房間，原振俠不禁一呆，房間中的陳設**簡樸**得叫人不能相信！

各人坐好了之後，蘇耀西**率先**開口：「阿爸，圖書館大堂的畫像中那個嬰兒是誰？」

蘇安默不作聲，兩個兒子亦不敢再問，一同望向原振俠，期待由他 發問 。

原振俠先咳了一聲，「蘇老先生，那個嬰孩有可能是盛先生的兒子嗎？」

蘇安一臉 苦澀，喃喃道：「如果是就好了，盛先生真是好人，不應該連個後代也沒有！」

原振俠呆住了，「你不知道盛先生有沒有兒子？」

蘇安抬起頭來，神情還是很難過，「小寶死後，盛先生和夫人都很難過，大約過了半年，他們就出門旅行 ，將近一年後才回來，以後就再也沒有離開過了。如果他們有孩子，那就只有一個可能，便是在那段旅途中誕下的。可是盛先生那麼愛 小孩 ，要是有了孩子，為什麼不帶回來呢？」

原振俠心中充滿了疑惑，「難道盛先生和他的夫人，

從來沒有透露過有關這個嬰兒的事？」

　　蘇安嘆了一聲，「盛先生是一個很**憂鬱**的人，經常一個人呆坐着一聲不發。至於夫人，唉！我本來不應該說的，她根本是個啞巴！」

# 第十章

塵封往事

蘇安提到盛夫人是個啞巴，令原振俠想起古托說過巫師女兒的事，不禁打了一個 。

蘇安感慨道：「我真不明白盛先生有什麼  事，總是那麼哀傷。後來小寶小姐出生了，才看到他臉上

有點笑容，可是那種笑容也十分短暫，反而常常以憂愁的**眼光**👁望着小寶。」

盛遠天痛苦的根源到底是什麼呢？照常理來推測，他那麼**富有**💴，要什麼有什麼，不會覺得痛苦。假如在小寶生前，他已經那麼痛苦，那麼在女兒死後，他的日子怎麼過呢？

想到這裏，原振俠隨口問了一句：「盛先生的女兒是怎樣死的？」

這本來是一個十分普通的問題，蘇安聽了卻整個人彈了起來，全身不由自主地**發抖**，臉色灰白。

他的反應不僅令原振俠嚇了一跳，連蘇氏兄弟也大吃一驚，齊聲叫道：「阿爸！」

蘇安立時作了一個手勢，示意他們別出聲。他大口喘着氣，過了好一會，漸漸回復**鎮定**，慢慢説：

「我知道遲早會有人問我這個問題的。」但他同時現出

難以啟齒的神情來。

　　蘇耀東安撫道：「阿爸，事情已隔了這麼多年，不論
當時的情形怎樣，你都可以說出來了！」

　　蘇安雙手緊握着拳，一咬牙，終於下定決心開口：
「依我看，小寶小姐……是被盛先生……殺死的！」

這句話一出口，輪到蘇氏兄弟和原振俠三個人直**彈**了起來，瞪着蘇安，半句話也説不出來！

過了好一會，原振俠才問：「蘇先生，『依我看……』那是什麼意思？」

蘇安的身子繼續發抖，蘇耀西連忙倒了一杯**熱茶**給他，蘇安捧着茶杯，喝了幾口，喃喃道：「這句話憋在我心中好多年，實在忍不住……脱口而出。真相也許不是這樣，可是……照我看來，又好像是那樣，唉……」

蘇安的話極其**凌亂**，原振俠安撫道：「蘇先生，別急，你只管把當時的情形如實説出來，我們或可幫你判斷，以解開繫在你心中多年的結！」

蘇安點了一下頭，説：「事情就像在昨天發生一樣，那天晚上，小寶小姐不肯睡，於是我帶她到**花園**玩，她玩得疲倦了，在我懷中睡着，我便抱她回房裏去

睡。小姐的臥室就在盛先生和夫人的套房旁邊，有門可以 相通 。我把小姐放在牀上，先生和夫人還過來看她——」

當時盛遠天和夫人走過來看看女兒，盛遠天還伸手輕點了一下小寶的鼻子，完全是一個**慈父**的表現。

蘇安低聲道：「小姐玩得好開心。」

盛遠天輕輕點頭，夫人則向蘇安笑了一下，表示感激他帶小寶去玩。

蘇安向他們**鞠躬**，便退出了小寶的臥室。

在退出臥室之際，他看到盛遠天輕輕摟住了他妻子，兩個人一起站在牀前，一臉**心滿意足**地看着熟睡的女兒。

蘇安接着回到自己的房間，他當時的房間在二樓走廊右邊的盡頭，而小寶和盛氏夫婦的房間則在走廊的正中，兩者相距三十米左右。

蘇安回到房間，洗澡後便**舒服**地躺了下來，就在他快要睡過去時，突然聽到一陣急驟的腳步聲，接着是令人

心驚肉跳的**擂門聲**，感覺如果不立刻開門的話，門就要被打破了！

「來了！來了！」蘇安疾跳起來，幾乎是直衝過去將門打開，站在門口的是盛夫人！

盛夫人那時的神情**惶急**之極，張大了口，卻一點聲音也發不出來！

蘇安感覺到一定有什麼不尋常的事情發生了，還來不及問，盛夫人已一面拉着他的衣袖，一面指着卧室那個方向。

這時蘇安也聽到卧室那邊有聲響傳來，像**聲嘶力竭**的呼叫聲，十分可怖。

蘇安拔足奔到卧室門口，看到房門虛掩，而房間內有那麼**可怕**

的叫嚷聲傳出來，蘇安也不再顧及禮節，推門而入。

　　一進臥室，蘇安怔了一怔，因為臥室看來並沒什麼異樣，也不見 人影。那叫嚷聲是從小寶的睡房傳出來，而主臥室通向小寶臥室的那扇門卻關上了。

　　同時，蘇安已聽出那可怕的 **叫嚷聲**，正是盛遠天的聲音！

盛夫人用力敲着門，敲了沒幾下，門內又傳出盛遠天一下可怕之極的呼叫聲，盛夫人驟然停止了敲門，臉色灰白，全身在劇烈發抖。

就在這時，「咔」的一聲響，那扇門終於打開，蘇安抬頭看去，看到盛遠天像遊魂一樣走出來，臉色又青又綠，而且全身上下都被汗水濕透。

盛夫人卻突然像一頭豹子一樣跳了起來，一下子向盛遠天撞了過去，撞得盛遠天一個 **踉蹌**，幾乎跌倒。然後她還對盛遠天拳打腳踢，又抓又咬，像是要把盛遠天撕成碎片一樣。

想不到平時那麼 **柔順** 的盛夫人會像惡鬼附身般，蘇安惶急道：「有話好説！有話好説！」

盛遠天只用極疲倦的聲音説：「蘇安，快打電話，叫救護車！」

蘇安大吃一驚：「先生，**救護車**？這……夫人她……」

盛遠天的神態看來極度疲倦，全身仍不斷冒汗，把手放在蘇安的肩膀上，用聽來 **艱澀無比** 的聲音説：

> **小寶死了。**

（待續）

# 目前已披露的線索

線索一：嬰兒畫像

🗝 特　　徵：謎之男嬰，身上有一個黑色的圓形胎記。

🗝 位　　置：掛在小寶圖書館的大堂中。

🗝 疑　　點：有一個名叫伊里安·古托的男子，身上擁
　　　　　　有與嬰兒相似的胎記。

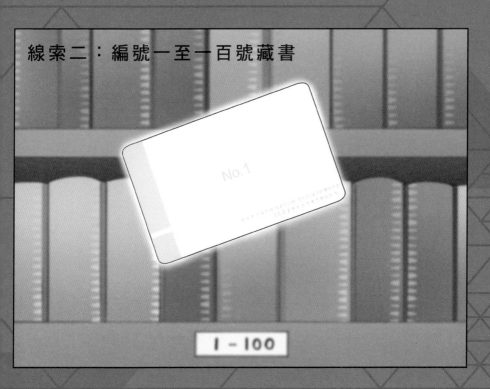

線索二：編號一至一百號藏書

No.1

1 - 100

🔑 特　　徵：只有持小寶圖書館第一號的特別貴賓閱讀
　　　　　　證，才能查閱編號一到一百號的藏書。

🔑 位　　置：存放在小寶圖書館，須由館長親自取出。

🔑 疑　　點：從來未有人閱讀過的機密藏書，書中可能
　　　　　　隱藏着血咒的秘密？！

線索三：可疑的傷口

⚷ 特　　徵：一直維持着一個烏溜溜的洞口，每年都會
　　　　　在同一天突然流血二十分鐘左右。

⚷ 位　　置：在伊里安・古托左腿外側，膝上約十厘米
　　　　　的地方。

⚷ 疑　　點：即使縫合了起來，兩側的肌肉還是會掙脫
　　　　　縫上傷口的羊腸線，就像活的東西一樣！

謎團將會在下集解開……

# 原振俠系列少年版 03 血咒 上

作　　　者：倪匡

文字整理：耿啟文

繪　　　畫：東東

責任編輯：林沛暘

美術設計：張思婷

出　　　版：明窗出版社

發　　　行：明報出版社有限公司
　　　　　　香港柴灣嘉業街18號
　　　　　　明報工業中心A座15樓

電　　　話：2595 3215

傳　　　真：2898 2646

網　　　址：http://books.mingpao.com/

電子郵箱：mpp@mingpao.com

版　　　次：二〇二四年六月初版

ＩＳＢＮ：978-988-8828-26-2

承　　　印：美雅印刷製本有限公司